저문 바다에 길을 물어

김승하
시집

저문 바다에
길을 물어

달아실
시선
09

※ 본문에서 한 연이 첫 번째 행에서 시작할 때는 < 표기를 한다.

시인의 말

시는 시인 자신의 솔직하고 진솔한 삶의 모습이 투영될 때 독자에게 감동을 줄 수 있다. 그러나 아무리 진솔한 표현일지라도 단순한 감상의 나열만으로는 시가 될 수 없음을, 시인에겐 치열한 삶이 필요함을 알고 있다. 그래서 나는 백지를 대할 때면 언제나 두려움이 앞선다.

부끄럽게도 시를 쓴 지 38년 만에 첫 시집을 묶게 되었다. 지난날 시는 삶이 힘들고 어려워졌을 때 마지막까지 버틸 수 있었던 내 삶의 버팀목이자 자존심이었다. 이렇듯 시는 나에게 구원이었지만 나는 언제나 시로부터 탈출을 꿈꾸는, 시와는 반역된 삶을 살아왔다. 그래서 나는 이제껏 시의 변방을 떠도는 어둠 속의 별을 꿈꾸었는지 모른다.

시의 감동은 겨자씨처럼 아주 작은 감동으로 시작하지만, 겨자씨 속에는 태산이 들어가고도 남을 넉넉한 감동의 깊이가 있지만 울림의 깊이는 여전히 쉽게 다가오지 않는다. 시인은 누구보다 깨끗한 심성과 심안을 지녀야 한다는 사실을, 상처받기 쉬운 시인의 예민한 가슴은 사람들의 마음을 울리는 현과 같은 것임을 나는 잘 알고 있다.

2018년 가을
김승하

차례

1부

도봉산 빼꾸기

허균

— 누이를 생각하며

소나무 숲에 가려 보이지 않는 저 마을에서 누이가 태어났다. 불행한 누이들, 노을의 호숫가에 앉아 가물치 콧구멍이나 들여다보며 오후를 보내던 시절, 부용꽃 스물일곱 송이로 떨어져 흩어진 누이의 시편들을 떠올리며, 나는 호수에 돌을 던지곤 했다. 잔잔한 호수에 돌을 던지면 누이의 가슴처럼 동그란 파문을 그리며 다가오는 침묵들. 나는 얼마나 많은 돌을 누이의 가슴에 던졌던가. 누이가 매어둔 목란배 보이지 않고 시든 연꽃잎만 흐드러진 호수를 따라 걸으며 누이의 부활을 꿈꾼다. 갈 숲 사이 풀쩍 풀쩍 뛰어내리던 가물치들은 얼마나 깊은 겨울잠을 자고 있을까. 둥근 나이테를 남기고 잘려나간 나무들. 간벌된 나무들의 그루터기 사이, 여백을 메우며 자라나는 소나무들, 살아남은 소나무들은 저마다 상처를 다스리는가.

감자떡

할머니 밭에서 캐온 감자 중 못생기고 상처 난 놈만 골라 항아리 가득 재워 두었는데요. 조금씩 상처 지닌 채 침묵하던 감자들, 여름 땡볕과 장맛비 아래 부글부글 거품 게워내며 독기 뿜어냈는데요. 허물 모두 벗고 몸뚱이마저 녹아내려 하얀 녹말로 가라앉을 때까지 푹, 푹, 썩어가던 감자들, 여름 내내 코 막고 다닌 기억밖에 없는데요. 다시 겨울방학 때 찾은 할머니 댁, 할머니가 한 소쿠리 내어주시던 감자떡에는 아린 사랑의 맛 담겨 있었는데요. 할머니 세상 떠나신 뒤, 멍 빛의 쌉쓰름한 감자떡 더 맛볼 수 없는데요. 홀로 빈집 지키는 항아리 볼 때마다 크고 둥근 항아리 속으로 들어가 감자처럼 푹, 푹, 썩고 싶은데요. 썩어서 하얀 앙금 가라앉은, 속 깊은 침묵으로 빚은 쫀득쫀득한 감자떡 같은 시를 쓰고 싶은데요.

감자

언젠가 시골 어머님이 보내주신 감자들, 냉장고의 야채 칸에 넣어 둔 감자들 답답한 마음이 싹을 틔웠네. 하얀 감자 순을 뻗으며 더듬더듬 더듬이를 키워온, 거친 감자들은 흙의 기억을 더듬으며 절망을 키워왔으리. 단단하고 매끄러운 플라스틱 상자의 어둠 속에서 연좌 농성하듯, 서로의 둥글고 투박한 어깨에 기댄 채 말랑말랑하고 쭈글쭈글해져 가는 제 육신 위에 마지막 영혼의 싹을 틔우고 싶었을 게다. 가슴에 묻어둔 외로움인 듯 멍 빛으로 번져 가는, 푸른 솔라닌의 씁쓸하고 외로운 사랑의 아린 맛을 전하려는 듯 자줏빛 꿈을 꾸고 있었을 게다. 제 몸 나누어 씨눈 하나로 다시 태어나는 꿈을 꾸며 감자들은 얼마나 흙을 그리워하였을까……. 순간 암전하는 어둠 속, 겨우내 홀로 시골집을 지키시는 어머님, 감자 둔덕 속 씨감자처럼 여위어 가는 당신의 환한 미소가 감자 꽃처럼 피었다 사라집니다.

달무리

할머니 한 올 한 올 달빛을 풀어
물레 돌리시던 밤
하얀 베적삼 옷섶 스미던 눈물일런가.
내 유년의 오랜 기억 속
구슬픈 남도 창 한가락

밤송이 빈 껍질 속에 잠긴 달무리
할머니 대지팡이 짚고 떠나신 뒤,
해소병을 앓던 어머님 잔기침 소리
처마 끝에 떨어지고

풀물처럼 온몸에 신경이 돋아
오죽烏竹 마디마디 잠긴 그믐
개천에는 목화 타래 달빛을 물고 달아난
은어 떼,
은빛 화살이 되어 돌아오지 않고

세상의 깊이를 재며 건너온 만월

달빛의 머리칼을 풀고,
바람의 가지 끝
이우는 감꽃 잎 터는 달무리

수틀 속에 피던 누이의 꿈일런가.
한 땀 한 땀 달빛을 엮어
누이의 고운 얼굴 색실에 뜨이는 밤
내 유년의 오랜 기억 속
호롱불에 그을린 달무리

도봉산 뻐꾸기 1

누이를 찾아가던 날 도봉산 뻐꾸기는 한적한 산하로 젖은 울음 뿌리고 있었습니다. 멀리 흐린 하늘 한켠 아래 홀로 서성이며 뻐꾹, 뻐–뻐꾹, 뻐꾹, 짙은 분 내음 풍기며 시집간 누이를 이해하라고, 누이를 이해하라고 흐르는 눈물 훔치고 있었습니다.

아늑한 어머니 품을 떠나던 누이 시집가기 전날, 한밤 잠 못 이뤄 베갯모 적신 그날, 밤새 하얀 꽃 울음 토해야 했던 뻐꾸기. 도봉산 뻐꾸기 되어 발치에 아득한 향수를 묻어두고 흐르는 눈물 훔치고 있었습니다.

지금은 가슴 저미는 어미가 된 누이를 이해하라고, 누이를 이해하라고 도봉산 뻐꾸기는 누이가 마중하던 날도 뻐꾹, 뻐–뻐꾹, 뻐꾹, 짙은 어둠 속으로 고향의 젖은 울음 뿌리고 있었습니다.

외할머니의 축수

겨울 방조제 공사장에 나가시던 외할머니는 고수레 떡 대신 바다에 돌을 던지며 칭얼대는 바다를 달래었습니다. 우리는 지난해 우기의 물때가 잠긴 쑥대밭에 나가 생애의 질긴 풀잎 몇 포기 뽑아 돌아오거나, 배경의 바다가 흐려질 때까지 생생한 물비늘을 달고 돌아오는 목선을 떠올리며 낮가림으로 땟국 낀 낮달 하나 건져 돌아오고, 돌아오는 고샅길마다 징, 징, 징 소리 낮게 깔린, 앞섬에서 뒷섬으로 깃을 치던 물새 울음 귀에 솔았습니다. 구설의 불티를 날리며 한 장의 소지로 날아간 삼촌의 원혼을, 외할머니는 정월 초하루부터 가슴에 돌을 던지며 청승맞게 울어대는 겨울 밤바다를 달랬습니다.

도봉산 뻐꾸기 2

노란 귤 몇 개 사 들고
다시 도봉동 누님 댁을 찾아가던 날
울지 않는 새처럼 말이 없던 누님
누님은 보이지 않고
산그늘마다 피어 있는 억새꽃
억새보다 부쩍 큰 키로 자란 누님의 아이들
고무공을 몰며 그리움을 차고 있었다
날마다 수심愁心 꽃을 꺾던 누님은 다시
어느 하늘 아래 가슴 조이며
숨어 사는 것일까, 울지 않는 뻐꾸기처럼
편지 한 장 소식 없는 누님
그 겨울 소문의 눈꽃만 내리더니
봄이 가고 여름이 가고 다시 겨울이 되어도
칭얼대는 제 새끼를 남겨놓고
둥지로 돌아오지 않는 누님
가끔 아이들이 잠든 밤 유리창에 낀 성에처럼
억새꽃에 가린 누님의 얼굴 창가에 어리더니,
누님은 또 어느 하늘 아래

별을 쪼며 살고 있는 것일까 말없이
긴 그림자를 앞세우고
도봉산 산그늘을 돌아 나오던 날
속절없이 그리움만 쌓이던 겨울,
바람 빠진 공처럼 숫기 없는 누님의 아이들에게
노란 그리움 몇 개 쥐여 주고 돌아오던 겨울

고향

억새 잎새마다 지워진 그리움만 남았네.
일 년에 한 번 또는 두 번씩
청주 한 병, 쇠고기 한 근 들고 찾아가던
고향은 말 못 할 그리움 되었네.
마을의 논들이 연탄재와 쓰레기 더미에 묻히고
쓰레기 더미 위에 술집이 세워지고
술집보다 먼저 교회가 들어선
고향은 이제 남의 땅,
마을 사람들은 하나둘 파도처럼 술렁이며 떠나갔네.
낯선 얼굴이 더 설치는 고향은 개판이라며
술병을 깨어 들고 날뛰던 사촌 동생도
다시 한 번 고향을 잃은 늙은 창고지기도
억새 잎새마다 지워진 그리움 되었네.
명절이면 청주 한 병, 쇠고기 한 근
신문지에 싸 들고 넘던 잿마루
구두 밑창에 정겨움이 달라붙던 진흙 길,
탱자나무 울타리 너머 반가운 얼굴도
쓰레기 더미에 뿌리내린

억새 잎새마다 숨은 그리움이 되었네.

유적지에서

오래전 이곳엔 녹슨 철길이 남아 있었고 다복솔 사이 작은 무덤들이 흩어져 있는 철길을 따라 걸으며 별을 헤던 시절이 있었다. 어디쯤 묻혀 있을까. 유년 시절 철로 변에 감춘 누님의 작은 꽃고무신 한 짝. 신축 아파트 공사장의 퇴적층에서 출토된 몇 점의 유물처럼 아주 오래된 기억들. 고고학자들은 조심조심 붓끝으로 흙을 털어내며 말한다. 부서진 토기 파편들과 이 빠진 돌칼이며 진부한 삶의 흔적들이 진술하는 역사. 더 허용하지 않는 죽은 자들의 안식, 사람들은 무덤을 파내고 집을 짓는다. 저마다의 잣대로 경계선을 긋고 말뚝을 박으며 청사진의 꿈을 펼치는 누란의 영화. 습곡의 어둠 속에서 사람들은 폐허의 모래알을 다져 저마다의 꿈을 채울 무덤을 만들고 있다.

오십천에서

마음이 울적한 날은 오십천 강가에 나가
강물 소리에 귀를 씻는다.
무심히 잡은 돌 하나 들고 돌의 목소리를 듣는다.
둥근 돌, 모난 돌, 저마다 무언가 닮은 돌,
물결에 쓸리며 제자리걸음만 하는 돌,
구르다 선 채로 박혀 모래로 부서질지라도
한 꺼풀씩 의지는 깎여 한 줌 흙이 될지라도
눈, 코, 귀, 입, 모두 지워야 비로소 가슴을 틔우는,
깨어진 하늘 사이, 아득한 전설을 간직한 가슴.
무심히 잡은 돌 하나 들고 돌을 두드리면
하늘이 공명하는 청아한 돌의 목소릴 듣는다.
마음이 울적한 날은 오십천 강가에 나가
돌 하나의 침묵을 안고 돌아온다.

눈사람과의 대화

시립의료원 무의탁 노인 보호실
겨우내 외할머니 링거를 맞고 있었다.
창밖엔 눈이 내리고,
눈사람을 만드는 아이들
눈사람이 되어 가고,

한 달에 한 번쯤, 어둡고 긴 복도를 돌아
한 아름 소문 안고 찾아온 숙모가 다녀가고,
신생아실에서 들려오는 아기들 울음소리
간간이, 코끝에 스미는 포르말린 냄새처럼
유리창에 부서져 흩날릴 뿐.

사과 껍질을 벗기면서
안으로 꼬이기만 하던 부끄럽고 죄스러운 마음,
오히려 모두 감싸주시던 할머니.
먼지 낀 창틀에 기대어
아파트촌 너머 휘어진 산등성일 바라보며
말이 없으셨다.

<

창밖엔 눈사람을 만들던 아이들

모두 돌아간 뒤,

텅 빈 골목 어귀 눈사람만 홀로 서서

가끔씩, 아이들 공허한 웃음소리 바람에 실어

유리창을 두드릴 뿐.

시립의료원 무의탁 노인 보호실

외할머니는 겨우내

차가운 링거 병에 의지하고 있었다.

청춘의 눈꽃을 머리에 달고

회한의 눈발 속 눈사람처럼 웃고 있었다.

포천

"가슴이 덜컹 내려앉는 것 같더구나"
새벽잠을 밟고 오신 얼굴엔
부챗살 주름이 깊어져 있었다.

한 장의 손수건으로 씻을 수 없는
그리움.
덜컹거리는 차창의 소음에 시달리며
먼 길 새벽바람으로 달려오신
어머님.

"어서 들려무나 네가 좋아하는 홍시 좀 가져왔다"
주섬주섬 보따리를 끄르시며
겹겹이 비닐봉지에 싸 오신
잘 익은 어머님 사랑
내 식성 구석구석 기억하시던
어머님.

부끄러운 내 얼굴보다 붉은

홍시 몇 알 남기고, 먼지 속으로
덜컹거리는 버스가 떠나고
겨울바람으로 가슴을 헤집던
어머니 음성

“얘야, 황소처럼 뿔을 들이밀기만 하지 마라
때로는 고개를 숙일 줄도 알아야 하는 법이다”
배경의 어둠 속, 간간이 울리는

포성처럼 흩어지고 있었다.

억새풀 1

무싯날 홑 새벽
무녀리 울음 달빛에 접힌
억새풀의 곡哭

뭍으로 향한
마른 뿌리만을 의지한 채
새벽을 외면한 여인의 숨결이다가

홀연히
빈 하늘을 이고 돌아서던 여인네
옷섶에 묻어나는 한

해묵은 비늘을 털듯
돌아앉아 옷고름 적시는
어머니의 모습

초겨울 억새풀 산대 춤을 춘다

억새풀 2

허물어진 용마름을 엮던 아버지의 마음
억새풀 굵은 이엉으로 엮었어도
그해 여름 지겹던 곰팡이 내
갈수록 슬픔만 엉킨 가슴으로 맞서던 가난,
가족은 굳은 두 주먹에 고향의 흙 대신
바람 한 줌 쥐고 돌아서는 아버지의 뒤를 잇고 있었다.
살결이 일면 묻어두어야 할 그리움
뜨거운 체온으로 생채기를 메우고
힘찬 어깨로 돌아오기 위하여
내 사랑 밑동이만 묶어 튼튼한 사랑으로 쓰러지는 그리움
낮술이면 생생하게 돋아나는 핏줄 세우며
부끄러운 얼굴로 넘던 잿마루
줄지어 쓰러진 억새풀 입동의 마른 볕에
하얗게 뿌리를 드러내고 있었다.

억새풀 3

해마다 명태 철이면 어머니가 내어던진 바다에선 청태가 일렁이고 있었습니다. 겨울비가 바람살을 타고 늦도록 모둠매질하며 바다는 자맥질만 하고 있었습니다.

언젠가 묵정밭에 뭉우릴 틀고 앉은 억새풀이 무더기로 쓰러지고 우리는 눈부신 바다를 보기 위해 끊임없이 눈시울을 훔쳐야 했을 때, 언뜻 어머니의 젖은 무명적삼 사이로 가족의 비린 살 냄새를 맡으며 옹골진 미래를 다짐했습니다.

어느 날 어머니는 바장이는 파도 소리를 피하여 내륙의 어느 산속으로 흘러가고, 내심으로 맷돌을 갈던 어머니의 곡성은 간간이 물새 소리 바람 소리 되어 먼 바다의 빛살이 되어가고,

해마다 어머니가 내어던진 바다에서 청태가 일렁이면 아버지의 바다는 뒤안에 숨어 자맥질만 하고 있었습니다. 언제가 묵정밭에 쓰러진 억새풀이 무더기로 피어 뿌리를 내리고 살얼음에 생기를 풀고 있었습니다.

4월의 단풍나무

남한산성 수어장대 오르는 길
긴긴 겨울 목마름에 잠을 깬
4월의 단풍나무는 안개 속 마른 가지를 뻗어
빨대처럼 쪽, 쪽, 물방울 끌어모은다.
가지마다 물방울 모아
제 몸의 화기 다스리는
4월의 단풍나무는 제 몸의 불꽃 삭이고 삭여
몸 밖으로 밀어낸, 자벌레 같은
파란 그리움 틔운다.
젖은 가지를 비벼 불꽃을 지펴본다.
가을날, 빨간 단풍잎의 연서 한 장 숨긴 채
4월의 단풍나무는 안개 속을 함께 걷는다.
스위치를 숨긴 꼬마전구처럼
가지마다 주렁주렁 눈물방울 매달고
4월의 단풍나무는 불씨를 감추고

메콩강의 노래

황토물 위로 떠도는 물옥잠처럼
나의 삶은 메콩강변의 갈대보다 뿌리 깊지 못하고
알몸으로 강의 일부가 되어 뛰어드는
아이들 동심보다 맑지 못하고
평생 라이스 페퍼를 만들던
자비로운 칠순 노인의 여유로운 콧노래 소리 흥얼거리던
메콩강의 물소리 다시 들을 수 없지만
모터보트 엔진 소리만 남은, 붉은 메콩강이 삼켜버린 이야기들,
낮은 곳으로 강물 따라 흘러가며 노래하고 싶네.
하얀 아오자이 옛 여인은 보이지 않고
맨발의 풋 캐스터네츠 리듬에 맞추어 노래하는
늙은 악사가 연주하는 기타 소리
붉은 아오자이 중년의 여인이 노래하는
가냘프고 슬픈 목소리에 실어 노래하고 싶네.
두꺼운 껍질을 싸고 자라나는 열대과일들,
코코넛 열매가 어떻게 캔디로 바뀌는지
혼탁한 강물이 어떻게 스스로 정화하며 흘러가는지

기억할 수 없는 수천 년 강이 흘러온 세월
강을 거슬러 올라가 다시 만날 수 없는,
내 누이 얼굴을 떠올리면 반짝이는 기억들
빈롱의 노을 속, 금빛 비늘 반짝이는
삶의 비린내를 섞어 노래하고 싶네.
풍요로운 젖가슴에 안겨 칭얼대는 아이를 잠재우는
어머니의 달콤한 자장가처럼 노래하고 싶네.
나의 시는 망고처럼 달콤하지 않지만
두꺼운 침묵을 싸고 자라나는 코코넛 열매들
코코넛 열매가 뿌리로 빨아올린 단단한 생각들,
과즙처럼 시원한 노래를 부르고 싶네
메콩강 낮은 강물 소리 따라 흘러가고 싶네.

저문 바다에 길을 물어

마른 풀잎 붉게 타오르던, 노을 속
먼 마을의 풍경 잿빛으로 식어가고
바다는 저 홀로 깊어 잠이 드는가.
뒤돌아보면 마음보다 먼저 달려간
인동 덩굴 자주 발목 잡는
옛 마을 이르는 길 지워져 보이지 않고
깜박이는 불빛들, 뭇별 하나 당겨 모닥불 지핀다.
때로 잠든 바다도 깨어 흔들리는
자성의 밤은 더디 가고
무엇으로 남아 오래도록 타오를 수 있으랴.
이승의 경계 넘어오는 바람 소리
문득, 저문 잎새마다 귀를 세우고
반딧불 몇 개 밝히는 외로움이여
마른 솔가리와 삭정이를 모아
부싯돌 같은 마른 가슴 다시 불꽃을 지핀다.
매운 연기 타고 흩어지는 그리움.
하루살이 떼 슬픔은 재가 되어 날리는가.
조각조각 흩어진 소나무 껍질을 밟으면

바스러지는 침묵 속, 솔방울로 떨어진 기억들
차고 낮은 파도 소리 섞여
환청으로 떠도는 여린 거문고 소리
저 홀로 가던 길 끊어져 보이지 않고
잿속에 묻힌 깜부기불 몇 개
다문다문 떠오르는 어화의 불빛들
빈우지궁牝牛之宮의 별자리를 따라 떠도는 별
오래도록 호명하는 그리움 뒤채이며
산문山門에 두고 온 마음 따라와 잠이 드는가.

화전리의 불꽃

1

버려진 갱목을 주워 화톳불을 지핀다.
몇몇의 광부들이 귀가하고
바람에 날리는 재처럼 눈이 내린다.
조금씩 함몰하는 꿈속 눈이 쌓이고
어둠 속 불빛 몇 개 떠오른다.
살수록 늪이 되는 수렁의 바닥
얕은 풀뿌리로 엉킨 잠 속
막장보다 깊은 절망을 앓던 얼굴들
풀씨 몇 개로 떠돌던 이웃들이 지워지고
버럭 더미에 뿌리내려 칼날 바람 타며
하얗게 춤을 추는 억새꽃
가난한 이웃들 꿈만 피어 흔들리고
살아온 이력만큼 듬성듬성 남은
어두운 발자국 위에 눈이 내린다.
폐광의 검은 강물에 섞여 흐르고 흘러
저 홀로 깊어가는 골짜기
잿속에 묻혀 깜빡이는 불씨들

화전리의 어둠 속 그리움만 쌓이고
다시 탱자 빛 불빛 하나 떠오른다.

2

밤늦도록 채근담을 읽는다.
늙은 광부의 굽은 등 너머 산등성이
지붕 낮은 집들 서로의 어깨를 기댄 채
옹기종기 조가비처럼 붙어 꿈꾸는
마을의 불빛 하나둘 꺼지고
눈이 내릴수록 흐려지는 남폿불
흔들리는 불꽃 속, 그대 삶만큼 희미한
먼지 낀 사진첩에 묻힌 얼굴들
토막 방 금 간 벽 꽃무늬로 핀 목숨
잠들지 못한다. 밤이 깊어질수록
억새풀 빈 꽃대 흔들리는 그림자
그대 타오르는 삶의 불꽃 보이지 않고
희미한 흑백의 윤곽만 드러나는 어둠 속
이명耳鳴으로 울려오는 박쥐 울음소리

진폐증 앓는 늙은 광부의 밭은기침 소리 듣는다.
그리움만 깊어 눈이 쌓이는 밤
풀뿌리를 씹듯 채근담을 곱씹는다.
남폿불의 심지를 내리고
움츠러든 가난한 그림자의 흐느낌만 남아

3

돌아가지 않는 빈 케이블카
허공에 걸린 거미처럼 보인다.
거미줄에 걸려 파들거리는 식구들의 얼굴
네 단호한 음성 들리지 않으니
땅속 깊이 흘러가는 마그마처럼
검은 물만 고여 붉게 붉게 변해 가는
이 땅의 모든 그리움 불꽃이 되는가.
외로운 어깨너머로 부어지던 절망들
검은 석탄의 잠든 불꽃들,
네 두 손으로 뜨거운 삶의 불꽃 감쌀 때
따뜻한 이웃들의 꿈 타오르는

홀연히 어둠은 빛이 되는가.
무수히 날개를 퍼덕이며 날아오르는
나비 떼여, 검은 잿속에 잠든
불꽃 속 정적을 깨뜨리던 유리의 파편과
강철의 목소리여, 화전리의 꿈속
눈발은 저탄장의 재가 되어 날리는가.
잿속에 묻혀 깜박이는 깜부기불 몇 개
다시 탱자 빛 불빛 하나 떠오른다.

나와 마을로 가는 열차

— 샤갈의 마을을 지나

샤갈의 마을로 가는 열차에 눈이 내립니다.
무중력 어둠 속, 차창에 달라붙는 진눈깨비처럼
비음의 기적 소리 낮게 가라앉고 있네요.
우울한 자기磁氣에 싸인 불빛, 어디쯤이었을까요.
유년의 오랜 기억 속 희미한 윤곽만 드러나는,
검은 크레파스로 그린 산과 강물이 지워지고
부푼 수은등 불빛 풀어지고 있습니다.
사내의 크고 젖은 눈망울 흔들리던
흐린 차창의 간이역이었던가요, 흰 눈발 속
어지러운 나비 떼와 램프를 든 청동의 얼굴 스쳐 가고
얼어붙은 그리움 퍼내는 삽질 소리 들어요.
비어가는 저탄장貯炭場 감감한 내면인 채
쩍, 쩍, 설해목 부러지는 소리 귀 기울입니다.
우리들 탄성의 대화가 침묵으로 바뀐 곳은
또 어디쯤이었던가요. 정정한 전나무 소나무 숲을 지나,
휘어진 청동빛 가지마다 별빛 튕기는
푸른 잎새들의 희망, 지금 아득히 꽃이 되나요,
방울방울 눈물 지워져 새롭게 태어나는 걸까요.

<

의식의 등고선을 넘어 눈이 내립니다.

유년의 도화지처럼 조각조각 흩날리는 눈발들

언뜻언뜻 스쳐 가는 진눈깨비 멎고

세월의 깊은 주름 팬 강줄기를 따라 깨어 있는

안개의 불빛 스쳐 가고 있습니다.

섬세한 감각으로 얼굴을 적시며 흘러내리는

차창의 물방울들, 깜빡이는 예감의 유도등

목각 인형처럼 도막 난 잠을 뒤척이며

토막 꿈 잘려나가는 톱질 소리 들어요.

안개의 깊은 강을 건너 떠올리는 침묵의 기적 소리,

저마다 맞물려 돌아가는 육중한 쇠바퀴

아득한 소음에 실려 가고 있습니다.

차창의 프리즘 속 어디쯤인가 꺾여 있을 굴절된 꿈

원색의 꿈에 젖은 나와 마을 떠올리며

안개에 싸인 따뜻한 불빛 안고 돌아가고 있습니다.

2부

요리사가 된 시인

요리사가 된 시인

그는 한때 칼보다 펜이 강하다는
신념을 갖고 열심히 시를 쓴 적 있었다.
고등학교를 졸업하는 딸에게는
칼보다 강한 이 펜으로 꿈을 심어주는 사람이 되라는
메시지와 함께 만년필을 선물한 적도 있지만
이제는 펜을 믿지 않는다.
그가 다시 펜 대신 칼을 잡았을 때
칼보다 더 강한 것이 밥이라는 사실을
조금씩 깨닫고 있을 뿐이다.
언젠가 꿈꾸고 가슴속 뜨겁게 타오르던 불꽃들,
이제는 차갑게 식어 냉동된 언어들
양념도 없이 요리하고 있다.
하얗게 얼어붙어 서리 낀 이미지들,
뜨겁게 달아오른 팬 위에 쏟아 붓고 있다.

늙은 솔개

남들보다 한 시간 일찍 출근하고
가장 늦게 퇴근하면서도 늘 잔소리만 듣는 이 선생
그는 신의 직장이라 불리던 금융회사에서
수십 년 펜만 굴리다가 명퇴하였다.
이제 다시 꿈을 이루기엔 너무 무거워 날 수 없는 날개
온종일 회전의자에 앉아 시간을 죽이던
그의 발톱은 낯선 야생의 세계에서 살아남기엔 너무 허약하다.
오후의 휴식시간, 이 선생은 바위산에 날아온
늙은 솔개처럼 의자에 앉아 졸고 있다.
휘어진 부리를 바위에 쪼아
낡은 부리를 깨뜨리는 꿈을 꾸고 있는 걸까.
새로운 부리로 자신의 무거운 날개 깃털을 뽑으며
튼튼하고 가벼운 날개를 꿈꾸고 있는 것일까.
며칠 전부터 손톱과 발톱이 빠지기 시작한 이 선생
무거운 날개를 퍼덕이며 종일 주방에서 부산을 떠는
이 선생을 보면 늙은 솔개를 닮았다는 생각이 든다.

시들, 시들한 시들

실직하고 마누라 눈치 보며 쓰는 시
끊었다 피웠다 하는 담배 같은 시
시들시들한 시를 쓰는 일은
시멘트 바닥처럼 딱딱한 동토에
깨알 같은 무씨를 심는 것
그러나 언젠가 다시 푸릇푸릇 돋는 무순처럼
따뜻한 봄날을 기다리며 쓰는 시
시가 밥이 되지 못한다는 것은 이미 알고 있었던 일
텃밭에 심어 놓은 푸성귀같이 시들시들한 시들,
나이 쉰도 안 되어 문지기나 되어 쓰는 시
나이 쉰이 다 되도록 시집 한 권 출간 못 한 시인의
주머니 속 휴지에 쓴 구겨진 시들
밥이 되지 못하는 시들

가자미 구분하는 법

수족관 바닥에 나란히 엎드린 광어와
도다리 사진을 인터넷의 바다에 풀어 놓았더니
보수주의자의 풍요로운 삶을 동경하는
한 친구는 도다리를 좋아한다 하고
자신이 지독한 진보주의라고 실토한 친구는
날카로운 이빨을 가진 광어를 좋아한다고,
불신의 가시를 숨긴 채 서로를 비난하거나
댓글만 모래처럼 쌓인다.
광어는 어째서 왼쪽으로 눈이 몰린 것일까.
새로운 것은 늘 낯설고 불안한 것이어서
비수처럼 날카로운 이빨을 지닌 것일까
웅그린 작은 새우나 조개를 먹고 사는
모랫바닥에 몸을 숨긴 옹졸한 도다리는
오른쪽으로 눈이 몰린 것이 신기하다.
세상의 중심에서 비켜선 그들은
바닥을 전전하며 외곬의 삶 살아온 자들이다.
주변을 서성이며 의심만 키울 뿐이다.
광어인지 도다리인지 그놈이 그놈 같은 가자미들

바닥에 엎드려 곁눈질로 서로를 바라보고 있다.

좌광우도를 되뇌며 고르는 가자미들

어안렌즈의 사시를 굴리며 나를 보고 있다.

수족관엔 서로 물어뜯은 상처들 가득하다.

로봇 요리사 K

K는 로봇들과 함께 일합니다.

규격화된 최상의 식재료와 레시피에 따라

K의 미각은 한 치의 오차도 없습니다.

그의 손놀림은 예리한 칼날처럼 정확하지만

요즘 자신의 손과 혀가 금속처럼 굳어지는 것을 느낍니다.

로봇 요리사들은 모든 감각을 고객에게 집중하고

긴장한 안테나로 걸러낸 사람들의 메시지를 읽어내지만

아직 속마음을 스캔하진 못합니다.

실시간으로 고객의 표정을 읽고

즐겨 먹는 메뉴의 기호와 식성을 기억하고

미세한 눈동자의 떨림이나 표정까지 읽어내지만

고객이 화를 낼 때도 항상 웃어야 합니다.

로봇 요리사들은 설거지뿐 아니라 외국어도 유창하게 할 줄 알고

동전 하나까지 정확하게 재빨리 마감 업무를 처리합니다.

아무리 일을 많이 시켜도 실수를 하지 않고

지치지 않으며, 휴가도 필요 없습니다.

메모리에 입력된 레시피에 따라 라볶이 2분 30초,

라면 3분 40초, 김밥 2분, 제육덮밥 3분,

언제나 고객에게 정확한 식사 서비스를 제공합니다.

K는 어쩌다 실수를 하게 되면

고집 센 로봇처럼 굳어가는 자신의 손을 보며 중얼거립니다.

언제부터 사람들은 서로의 가슴에 의심을 키워가면서

인간보다 로봇의 말을 더 신뢰하게 된 것일까.

그는 귀가 후 방전된 배터리를 충전하듯 꿈을 꿉니다.

따듯한 가슴을 지닌 사람을 그리워하며

조금씩 로봇이 되어가고 있음을 느끼고 있습니다.

길 건너 불구경하기

S 방송국 후문 건너편 홈에버 앞
이랜드 노조원들 비정규직 철폐를 외친다.
스크럼을 풀려는 전경들,
필사적으로 아스팔트에 달라붙은 아줌마 아저씨들,
혹 불티 옮겨붙지 않을까
노심초사하는 경비대장의 눈치를 본다.
조금씩 사그라지는 불꽃 바라본다.
야근을 마친 뒤, 졸린 눈 비비며
다시 일당 5만6천 원의 대근을 선다.
동료의 부탁으로 퉁 퉁 불은 발,
발가락에 박힌 굳은살 못이 되어
제 살 찌르는 아픔 참으며
비겁한 티눈처럼 붙박인 채 길 건너 불구경한다.
S 방송국 후문 건너편 홈에버 앞
일방통행로 부근에서 길을 잃은 사람들
이글이글 타오르는 8월의 태양 아래서
까맣게 타버린 매미처럼 악을 쓴다.
누군가 단물 빨아먹고 버린 껌딱지들

아스팔트에 다닥다닥 붙어 연좌 농성하고 있다.

기르는 개들의 충고

일당 오만육천 원 단순 노무 파견직에 취직하였네.
얼음 성처럼 반짝이는 S 방송국 후문
나 문지기 되어 겨울 칼바람 속 서보니 알겠네.
한 달 내내 만근을 하고
시간 외수당, 심야 수당, 연차 수당, 국 공휴 수당
모두 더한 월급 이것저것 제하면
아기 우윳값도 안 된다고 한숨 토하던 김 씨
그의 힘없이 돌아서던 발자국 위로
투덜투덜 불만의 눈발 흩날리는 이유 알겠네.
에쿠스, 다이너스티, 벤츠, 비엠더블유 어깨 힘주고 지날 때마다
나 꼬리 내린 개가 되어보니 알겠네.
왜 김 씨의 목소리에 씨발씨발 겨울바람 소리 섞여 있는지
어째서 기르는 개들이 주인의 발목 물고 싶은지
자꾸만 이빨 근질근질해지는 이유 알겠네.
나 일당 오만육천 원 문지기 되어보니 알겠네.

면도 1

거품을 풀어 면도한다.
하루의 시작을 예감하는 불안한 거울 속,
그늘에서 더욱 예민한
신경의 올들을 잘라낸다.
어둠 속에 표백된 얼굴의 한쪽
수염을 밀어낸다.
대야 가득 퍼지는 현기증,
아침 햇살에 아린 눈을 가리면
열 손가락 사이로 갈라지는 하늘
다시 날을 세운다.
도사린 신경의 올들을 잘라낸다.
얼굴의 거품을 걷어내면,
꺼칠한 피부로 느끼는 맑은 생각들
아침마다 푸른 그늘만 더욱 짙어지는
내 무딘 슛기를 다듬는다.

새들은 과녁 속에 둥지를 틀지 않는다

시청 앞 은행나무는 가슴에 과녁을 품고 있다
저를 향해 구린내를 마구 터뜨린다
가끔 은행 터는 할머니 꽃무늬 치마폭에
한 움큼 익살을 던져주거나
주위를 두리번거리며 다가온 중년의 사내
툭, 툭, 발길질하며 수작을 걸 때
부르르 몸을 떨다가도 못 이기는 척
후드득, 오니 탄을 터뜨리지만
과녁을 벗어난 불발탄이 더 많은 것은 아량인가
가지마다 다닥다닥 붙여둔 기억들,
노란 포스트잇 나비 떼가 되어 날아오르는
너무 오랜 상상은 변비를 앓고 있는 것일까
욕망은 항상 구린내를 품는 것이어서
저를 지우며 구린내를 품는 것일까
투덜투덜 매연 뿜어대는 자동차들
소화불량을 앓는 로터리, 서로의 상대만 확인한 채
마주 보고 있는 시위대와 전경들
은행나무는 바리케이드로 서서 구린내를 터뜨린다

저마다 가슴에 동심원으로 그린 나이테
세월의 물결무늬 과녁 하나씩 지닌 채
가지마다 총알총알 구린내를 장전하고 있다
은행나무가 끙~하고 몸을 뒤튼다
후드득, 후드득, 저를 향한 오니 탄이 쏟아진다
광장의 외로움 물이랑처럼 밀려올 때마다
흩어지는 새떼들, 바늘구멍만 한 조준경 속
확대와 축소의 공간 사이, 푸른 하늘을 비상하는
새들은 과녁 속에 둥지를 틀지 않는다

면도 2
— 거울 속의 자화상

확대경 거울 속에 비친 내 얼굴 위로
아버지의 얼굴이 겹쳐 보인다.
깨어지기 쉬운 거울의 함정이다.
축소와 확대의 공간 사이, 분화구처럼 움푹 팬
거친 피부의 땀구멍 주위에 돋아 있는
먹이와 환경에 따라 몸의 색깔이 바뀌는,
몸보다 긴 촉수를 가진 히드라처럼
솜털들 몸을 웅크리고 있다.
거친 피부 위로 면도날이 지나간다.
거울 속의 창백한 얼굴 뒤로 빈혈처럼 반짝이는 현기증.
분열하는 거품 속, 뿌리를 남기고
토막토막 끊어지는 기억들,
욕망의 푸른 흔적을 남기고 지워지는
거친 수염과 함께 보송보송한 솜털이 잘려나간다.
무성 생식으로 분열하는 거품을 밀어낸다.
망막과 망막의 맹점 사이,
깨어지기 쉬운 거울의 함정 속
허상처럼 맺힌 아버지,

아버지의 아버지의…… 아버지의
모든 인연을 뛰어넘고 싶다.

사이보그 1

그녀가 지날 때 스치는 장미향은
더 이상 사랑을 품고 있지 않다.
나이를 가늠하기 어려운 그녀는 살을 찢고
턱관절을 깎아내는 아픔쯤은 쉽게 참을 수 있다.
폐경기가 지난 그녀의 얼굴은 긴장하고 있다.
주기적으로 보톡스를 맞으면
주름진 고민은 평평해질 것이지만
실리콘 가슴으로 가려진 사랑은
언젠가 인공 심장이 필요할 것이다.
방전된 배터리를 갈아 끼우듯
그녀의 사랑은 쉽게 바뀔 것이다.
그때 인공 렌즈를 삽입한 눈은 쉽게 눈물을
흘릴 수 있을까. 인공 눈물 몇 방울 넣어주면
다시 샛별처럼 반짝일 수 있을까.
그녀는 요즘 아침에 생각했던 일이
오후에 잘 생각나지 않는 일이 잦아졌지만,
고급 식당이나 공연장을 출입할 때
자신의 신분 과시용으로 생체 칩 이식을 고려하고 있다.

조금씩 섬세한 사랑의 표정을 잃어가는

그녀는 사이보그로 퇴화하고 있다.

사이보그 2

고약한 냄새 풍기던 마지막 사랑니와
몇 개의 어금니를 뽑고 임플란트를 한다.
잇몸 뼈에 드릴로 구멍을 뚫고 볼트를 박는다.
마취해서 통증을 느낄 수 없다.
조금씩 기계 인간이 되고 있음을 감지할 뿐이다.
그는 최근에 자신에게 유리한 말만 가려듣는
보청기를 착용하면서 조그마한 일에도 쉽게
흥분하고 눈물을 흘리는 일이 잦아졌다.
며칠 전 Y 정형외과에 가서 삐걱거리는 어깨와
무릎에 X-레이를 찍기도 했다.
의사는 갱년기 탓이라고 했지만
걱정할 필요 없다. 무릎은 플라스틱 인공 관절로
교체하거나 주기적으로 볼트를 조여주면 된다.
그는 유리창 밖 신축 상가의 철골을 조립하고 있는
타워크레인을 바라보며 중얼거린다.
더 이상 사랑 따위는 필요 없는 것일까.
사랑니를 뽑은 자리가 허전하다.
낡은 장난감 레고 블록처럼 삐걱거리는

무릎이며 어깨 어디쯤인가 조금씩 낡아가는

그는 사이보그로 퇴화하고 있다.

조용한 뒷정리

방문을 조심스럽게 열고 들어간 원룸
희미한 고인의 기억 형광등만 깜빡일 뿐
창을 열어놓은 방, 부패한 냄새가 코를 자극했다.
고인은 마지막 순간 가족사진을 보고 있었을까.
소주, 맥주, 막걸리 등 술병이 어지럽게 흩어진
탁자 위에 놓인 컴퓨터 바탕화면 속
고인의 어머니와 중학생 딸아이가
미소 띤 얼굴로 고인의 임종을 지켜보았을 것이다.
고인은 외로움을 술과 담배에 의존한 듯
침대 옆 재떨이에는 담배꽁초가
웅크린 고슴도치처럼 촘촘히 원을 그리고 있었다.
옷걸이엔 뿌옇게 먼지 쌓인 외투가 침묵하고
밥솥에는 식욕이 누렇게 말라붙어 있었다.
냉장고엔 먹다 만 소시지와 라면 몇 봉,
빈 우유 통 몇 개, 빈 포대와 상자를 가져와
사진과 우편물을 담고 고인의 유품을 분류하는 동안
여전히 오래된 흑백 사진 속에서 웃고 있는 얼굴,
고인은 마지막까지 부담스러웠을까.

건물주는 심각한 표정으로 지켜보고 있었고,
유족은 몇 차례 전화로 조용한 마무리를 당부했다.
고인의 흔적처럼 곰팡이를 닦아내고
소독제와 공기 정화제를 방 구석구석 뿌린다.
하얀 연기가 마지막 망자의 흔적마저 지운다.
다시 아무 일 없다는 듯 신선한 공기가 들어오고
귓속말을 나누던 이웃 하나, 둘, 골목으로 사라지고
유품 정리 사내들은 또 다른 전화를 받고 황급히
차량에 오른다. 유품은 시립소각장으로 보내지고
고인의 기억은 연무와 함께 사라질 것이다.
계단을 오르내리던 부산한 발소리, 고인의 목소리
허공을 맴돌다 물 메아리처럼 사라진다.

25시의 여자

노래방 도우미로 불려온 여자
한밤중 어린아이들 모두 재워놓고
5호선 전철을 타고 아슬아슬 줄타기하듯
보랏빛 꿈을 밟는 잠행. 어두운 한강 밑
절망의 터널 지나, 마포역 부근
〈25시〉 노래방까지 흘러온 그녀.
짓궂은 사내들 손 잡으면 화들짝 놀라 몸 움츠리던
뻐꾸기시계 울음소리에 혹 어린 것들 깨어나
울지 않을까 조바심 애태우던,
안주발을 세워 눈총 받던 여자.
지워진 분홍빛 꿈, 매니큐어 벗겨진
손톱 밑 때처럼 부끄럼 많던 그날
취해서 탬버린처럼 마구 몸 흔들던 그 여자,
자정 지나 전철마저 끊어져 빈손 내밀고
쓸쓸하게 웃던 이혼한 내 누님 같은 그녀,
마포역 부근 노래방 〈25시〉 지나
어두운 골목길 초침처럼 초조하게 걸어가던
그녀의 어깨 위로 푸드덕 날아오르는 새 한 마리 보았네.

듬성듬성 맺힌 눈물인 듯 흐린 별빛 하나 물고

날아가는 뻐꾹새 한 마리 그림자 보았네.

끈끈이주걱 풀

유리병에 꽂아둔 들꽃이 시들어가고 있다. 환한 유리벽에 갇힌 여자들 껌을 씹으며 끊임없이 입을 놀리고 있다. 아저씨 놀다 가세요. 습지의 어둠 속에 핀 꽃들. 화장 짙은 여자 하나가 끈끈이주걱 풀의 붉은 선모처럼 재빨리 가느다란 팔을 뻗어 낯선 사내 하나 끌고 붉은 불빛 속으로 사라진다. 지퍼처럼 굳게 입을 다물고 걷는 사내들, 진열장 속 쓸쓸히 웃고 있는 마네킹을 지나, 도시의 가장 예민한 성감대를 따라 피어 있는, 습지에 핀 들꽃들, 어두운 골목길을 지날 때마다 얇은 막으로 싸인 지상의 끝 자궁으로 들어가 다시 태어나고 싶다. 텅 빈 껍질을 남기고 날아가는 나비처럼 블랙홀 속으로 순간이동 하고 싶다.

에프킬라

장마철 눅눅한 습기를 타고 늘어난 벌레들,
눈에 보이지 않는 진드기, 꼬물꼬물 구석으로 숨어 다니는
좀벌레와 개미들을 향해
무차별적으로 에프킬라 에어로졸을 분사한다.
감귤 추출 천연성분 리모닌이 함유되어
기분이 상쾌하고 효과는 확실하다고 씌어 있는 에프킬라.
가연성(화기 주의)이라고 빨간 글씨로 죽음을 경고하는
내 영역 속으로 기어들어 온 벌레들, 나의 쾌적함을 위해
얼마나 많은 개미가 달콤한 유혹에 죽어 갔을까.
고압가스의 분노 속에 녹아 있는 달콤한 향기,
폭발의 위험을 숨긴 채 밀폐 용기에 담긴 죽음,
산발적으로 에프킬라 에어로졸을 살포한다.
천연성분의 달콤한 리모닌 향에 섞인 죽음의 향기를 눈치 챈
약삭빠른 파리 한 마리 열심히 두 손을 비벼댄다.

산벚나무에 봄을 묻는다

겨우내 전깃줄 칭칭 감고 밤마다 꼬마전구 반짝이던 벚나무들, 입춘 청명 곡우 지나 실눈 뜬 채 하나, 둘, 꽃망울 터트렸는데, 경비실 옆 산벚나무 한 그루 꽃 피울 기미조차 보이지 않는다. 최 씨는 토양이 좋지 않기 때문이라 말하고, 이 씨는 뿌리가 부실해서 그렇다 하고. 분분한 꽃잎 흩날린다. 겨울 점퍼 입은 야간근무자들 졸음 속 깜빡깜빡 스쳐 가는 봄날의 따뜻한 기억들, FM 라디오 주파수 이리저리 바뀔 때마다 흐린 황사바람 소리만 흘러나온다. "올해도 경기가 쉽게 풀리지 않을 것입니다……." 뉴스에 슬쩍 고개 끄덕이며 끼어든 산벚나무. 모두 꽃잎 진 뒤 불현듯 꽃망울 피워 홀로 별처럼 반짝이고 싶은 걸까. 긴 겨울 불면의 밤 반짝이던 산벚나무. 영영 깨어날 것 같지 않은 산벚나무에 봄을 묻는다.

엉겅퀴

함께 꽃 피운 적 있느냐.

S 방송국 야외 주차장 한적한 구석

사람들 눈에 띌까 조마조마 가슴 조이며

시멘트 블록 틈 뿌리내린,

화들짝 제 그림자에 놀라

흩어지는 홀씨들

우리 함께 꽃 피운 적 있었더냐.

근본부터 다르다고 뿌리 한번 속 시원히 펴기 전

쉬 뽑혀 버리지 않았더냐.

나 꽃 피우면 풀밭도 꽃밭 될 수 있다*고,

온 산 하나의 그리움 활, 활, 타오를 수 있다고 말하지 마라

솎아낼수록 돋아나는 근성만 남아

바닥에서 빈손이 흙을 움켜쥐고 있는

뿌리처럼, 삶 전체가 저항인

너 갈퀴 같은 손 본 적 있느냐.

* 조동화 시인의 「나 하나 꽃피어」 부분 인용

신문

세상 돌아가는 것쯤 알려면
부엉이처럼 눈을 깜박여야 한다.
상징의 시 구절을 읽듯
행간의 의미를 읽어야 한다.
어쩌다 손에 쥐게 된 공짜 신문에
머리를 조아리고 들여다보면 볼수록 난해한 세상
세상은 슬픈 것도 기쁜 것도 아니라지만
언제나 기쁨보다 슬픔이 더 많은
세상은 늘 몇 사람의 이름으로 점유되었고
늘어나는 것은 광고뿐.
우리 소시민의 깨알 같은 꿈은
도배지 속으로 숨어들지라도
한 시대가 흘러가기 전에 누렇게 색이 변하여
바람벽이 되지 못하던 것을,
어쩌다 불안을 예감하는 날은
질금질금 흘리던 콧물을,
신문쪼가리에 얼굴을 가리고
코를 풀던 시절을 떠올린다.

몇몇 유명 인사들의 얼굴과 얼굴을 맞대고
코끝이 찡 울려오도록 코를 풀면,
코끝엔 언제나 뭉개진 활자만
달려 올라오던 기억들.
잉크 냄새 채 마르기 전에 희망을 싸서 버린
구겨진, 너 난해한 민주주의여,
복제된 천의 얼굴을 헤아리듯
부엉이처럼 눈을 깜빡여야 하는 것을,
세상이 바뀔 때마다 변신하는
여전히 크고 굵은 활자로 살아 있는,
저 능글능글한 얼굴들
꼬리 잘린 도마뱀들을 보라

4월과 5월 사이

사월과 오월 사이, 무슨 이름으로
꽃은 피고 지는가
사월과 오월 사이, 무슨 까닭에
잎보다 먼저 꽃잎은 피어 시드는가
황사 바람 어지러운 하늘로 날아오르는
무수한 이념의 구호와 플래카드를
희롱하는 비둘기 떼
모였다 흩어지고 흩어졌다 모이는 오후
나는 회신 없는 친구의 소식을 기다리거나
내용 없는 조간을 읽는다
무화과나무가 새롭게 희망을 키워가는 동안에도
전율하는 안테나
뉴스 속에 뉴스가 잉태되고,
다시 모였다 흩어지는 시청 앞 비둘기 떼.
사월과 오월 사이, 무슨 향기로
꽃은 피고 지는가.
사월과 오월 사이, 무슨 까닭에
잎보다 먼저 꽃잎은 피어 시드는가.

우리 적막한 숲을

무수한 꽃잎으로 흩날리게 하는가.

3부

옹기그릇 부처님

옹기그릇 부처님

비 갠 오후, 감나무 잎 사이 쏟아지는 햇살 담고 도란도란 이야기를 나누는 그릇들. 푸른 감나무 잎에 돋는 물방울 소리, 톡, 톡, 물이랑처럼 번져가는 풍경 소리, 귀를 열고 노스님 독경 듣고 있다. 뒤란 감나무 아래 정좌한 낡은 옹기그릇 하나, 이 빠지고 상처 입은 작은 그릇들 오롯이 품고 있다.

지저귀는 기계*들
— 조롱 속의 구관조에게

모든 감각이 부리로만 집중된 새, 노래하지 못하리. 조롱 속에 갇혀 가성으로 노래하는 새, 이제는 꿈꾸지 못하리. 모이를 주며 "사랑해"라고 말을 하면, 사랑! 사랑? 만을 되풀이하는 새, 긍정도 부정도 아닌, 실제로는 긍정인 말투로 의문의 여운을 남긴 채, 날개보다 부리의 목젖을 소중히 여기는 새, 노래하지 못하리. 모이를 주면 더욱 공손하게 노예처럼 지저귀는 기계들, 조롱 속에 갇혀 날개를 퍼덕이며 퇴행하는 아득한 기억, 겨드랑이 가려울 때마다 날카로운 야생의 발톱을 감추고 부리로 우아한 날개를 다듬는 새, 이제 노래할 수 없으리. 조롱 속에 갇힌 새, 구관조는 다시는 꿈꿀 수 없으리.

* 지저귀는 기계: 화가 파울 클레(Paul Klee, 1879~1940)의 그림 제목

모자이크 달

달 달 무슨 달 어디 어디 떴나. 당신의 굴곡 많은 삶, 음영만 뚜렷한 달, 달 표면을 확대한 픽셀을 모아 달을 그린다. 전철 입구에 펼친 노점상 좌판 밝히는 달, 파김치가 되어 돌아가는 주방보조원 등 뒤를 밝혀주는 달, 막노동 잡부 투박한 손바닥 티눈으로 박힌 달, 아파트 야간 경비원 졸린 눈꺼풀 위에 앉은 달, 대리운전 기사 들여다보는 모니터에 비친 달, 대기 중인 심야 택시 창가에 뜬 달, 편의점 아르바이트하고 전철 타고 건너가는 한강 위에 뜬 달. 당신의 자화상을 모아 달을 그린다. 스스로 빛을 낼 수 없지만 한 번도 정해진 궤도를 벗어난 적 없는 달, 어둠 속 묵묵히 어둠을 밝히는 당신의 사랑은 너무 커서 당신의 굴곡 많은 삶을 선명하게 카메라에 담을 수 없는 달. 달 달 무슨 달, 당신의 남루한 자화상들을 모아 그린 모자이크 달. 쟁반같이 둥근 슈퍼 문, 어디 어디 떴나. 상처뿐인 당신의 뒷모습을 기억하고 싶은 달.

꿈꾸는 돌

가슴에 돌 하나의 무게를 지니면
얼마나 침묵할 수 있을까.
나의 무게에 돌 하나의 무게를 더하면,
얼마나 오랫동안 꿈꿀 수 있을까.
슬며시 빈손이 움켜쥐던 돌,
하늘이 이마를 부딪고 새파란 피를 흘리던 돌,
돌 속에 강이 흐르고, 나무들이 자라고,
돌 속에 꽃이 피고, 돌 속에 꿈꾸는 별이 있네.
돌을 만지면 나는 왜 자꾸 부딪고 싶은 걸까.
그 오래된 꿈속,
돌 속에 스며들어 노래하고 싶은 걸까.

이명

흔들리는 백열전구의 스위치를 끈다. 필라멘트 잔광으로 반짝이는 관념의 불빛들 천장의 연속무늬 속에서 두 선이 한 점으로 교차하는 갈등, 거품 속에서 욕망은 끓어오르고 있다. 가습기에서 꺽, 꺽, 소리를 지르며 수증기를 뿜고 있다. 침대의 시트 위로 흩어지는 하얀 비듬들, 썩은 배추 냄새 풍기는 푸른 지폐의 단위를 생각한다. 지폐 속의 음화音畵처럼 지워지지 않는 기억들, 내 핏줄을 타고 흐르는 붉은 잉크의 불꽃들, 가시 돋친 불빛 오래도록 반짝이는 정적 속, 동화 속의 삽화처럼 우연과 우연 사이 근원 없는 이야기들. 소라껍질 속의 파도 소리가 오래도록 지워지지 않는 이명으로 울려온다.

해망산에서

해망산 도래솔 숲 노을의 바닷가
우리 무엇으로 남아 침묵할 수 있으랴
이 세상 어디에도 선뜻 마음 매어둘 곳 없어
바다는 깊이 모를 수심 출렁이는가
아무리 굵은 동아줄로 떠도는 마음 묶어두어도
마음은 바람으로 흩어질 뿐
모든 푸샛것들 풀리지 않는 죽음은 깊어
떠나 온 제 땅으로 돌아가는가
외로운 물새 발자국 어지러운 바닷가
다시 밀물이 차오르고, 지난날
모래 벌에 묻어 둔 사금파리의 자디잔 꿈
편린으로 반짝이는 까치놀
노을 속 수만 갈래 비늘로 쪼개어져 빛이 되는
저 물살들 속에 묻어 둔 슬픔은
문득, 목쉰 물새 울음으로 소나무 숲을 이루는가
저마다 매듭 엮어 온 끈끈한 삶
생채기마다 송진으로 옹이진 가슴
수만 갈래 쪼개어진 슬픔만

다시 파도 소리로 소나무 숲을 이루는 것을
바라보고 또 바라보아도 오래도록 뒤채이는
해망산 도래솔 숲 무덤가 망초꽃 몇 송이
아무리 네 이름 불러내도
언뜻언뜻 풀빛으로 지워지는 그리움
일호백낙一呼百諾 파도 소리로 화답하는
네 추운 그림자만 따라와 흔들리는 것을
우리 무엇으로 오래도록 너를 위로할 수 있으랴

겨울 강에서

1

쥐 수염처럼 흔들리는 갈대숲 사이, 낚시꾼들이 앉아 있는 배경으로 새떼들이 물비늘처럼 반짝이며 하늘로 날아오릅니다. 가끔 얼음 구멍에서 파들거리며 올라오는 잉어들, 입을 오므리고 가쁜 숨 몰아쉽니다. 사람들이 강을 버렸지만, 강은 갈대를 기르고 있다고 낮은 강의 목소리로 얘기합니다. 멀리 공장의 굴뚝 사이, 까맣게 모였다 흩어지는 새떼들, 흰뺨검둥오리와 청둥오리 떼들 저이들끼리 무어라 쫑알대며 날아갑니다. 낚시꾼들은 잉어 비늘 반짝이는 노을의 강심으로 더욱 깊은 침묵의 낚싯대를 드리우고 있습니다.

2

한 걸음, 한 걸음씩 얼음 위로 발걸음을 옮길 때마다 끙, 끙, 신음 소리를 내며 갈라지는 얼음장. 속으로만 흐르는 강물은 쉽게 수심을 드러내지 않습니다. 언제나 제 마음 보여주기 전에 상처부터 보여주는, 수 없이 가늘고 긴 금이 간 유리의 마음, 강한 것일수록 상처가 많은 걸까요. 부드러운 물의 속성 감추고 얼음 거즈를 덮고 있습니다. 구멍 숭숭 뚫린 가슴 얇은 살얼음 조각으로 상처를 갈무리하는, 강은 사람들이 풀어놓은 슬픔과 노여움 홀로 삼키며 아픔마저 그리움으로 삭이는 걸까요.

3

갈대와 함께 강을 따라 걷습니다. 사람들은 강을 잊고 있는 걸까요. 웅크린 라면 봉지와 일그러진 참치 깡통 반쯤 부끄러운 얼굴 드러내고 있습니다. 언제나 가장자리만 적시며 흐르는 강물은 수위가 내려갈수록 뚜렷한 슬픔의 흔적만 남기며 더욱 깊은 곳으로 흐를 뿐, 푸슬푸슬 녹슬어 가는 마른 물풀들의 마음 지닌 채, 물방울 소리 엮으며 갈대를 기르고 있습니다. 스스로 저를 낮추며 흐르는 강물은 하류로 흐를수록 더욱 넓은 가슴으로 마을을 품고, 갈 숲 사이 푸드덕, 푸드덕, 날아오르는 철새들을 품고 있습니다.

우화

지난해 슬어놓은 투명한 알들이 부화한 것일까. 눈물방울 매달린 봄 가지마다 뽀글뽀글 피어오르던 은행잎들, 여름 내내 푸른 잎맥마다 주름으로 새겨둔 기억들, 어느새 가지마다 노란 그리움의 날개를 달고 나비 꿈을 꾸고 있다. 한 세상에서 또 다른 세상을 꿈꾸며 우화하는 나비 떼들, 다시 가지마다 빗방울 스며드는 투명한 알들을 슬고 있는 것일까. 문득 꿈에서 깨어난 나비 떼들 일제히 바닥으로 뛰어내린다. 노란 그리움의 날개 퍼덕이며 네게로 가는, 뿌리처럼 그리움을 움켜쥐고 있는 네게로 이르는 길이 환하다.

금잠초 설화

— K를 위하여

금잠초 한 송이 전해 드립니다.
그대에게 전하지 못한 함박웃음
한 다발 기쁨의 꽃송이 대신
크나큰 슬픔 안고 돌아와 무릎 꿇고 드리는
기도의 외로움 속 눈 그리메인 듯
눈짓인 듯 피어나는 짙은 향 내음
한 자락 옷깃의 인연조차
풍경 소리 흩어지는 바람일지라도
그대 누운 자리엔 다시 뜻 모를 이름으로
풀잎이 돋아나고, 휘파람새 한 마리
정적만 남기고 떠날지라도
언뜻언뜻 풀빛으로 번져가는 그리움
대관령 넘나드는 부끄러운 마음을
아내여, 금잠초 한 송이 전합니다.
감감한 슬픔 안고 돌아와
그대 잠든 머리맡에 꽂아 드립니다.

수락산행

직장을 그만두고 빈둥거리다 찾은
오월의 수락산, 아카시아 꽃 피어 있었네.
계곡의 맑은 물에 발을 담그면
촘촘한 잎새들 수런거림으로 반겨주는
푸른 그리움 묻어나는 물푸레나무 숲 지나
턱 턱 숨 차오르는 깔딱 고개 지나,
수락은 굴종을 강요하네.
정상으로 오를수록 두 발로 걷는 것보다
네 발로 기는 것이 편하다는 사실을,
힘겹게 올라간 정상에는 시원한 바람뿐이지만
산행은 얼마나 상쾌한 고통인가.
끊임없이 수락을 오르는 사람들 뒤로하며
하산하는 길, 다리가 후들거린다.
내려가는 길 또한 얼마나 더 힘든 것인가.
문득, 오월의 수락은 내게 무위를 일러주네.
소박한 꿈 숨긴 채 도토리를 품고 있는
신갈나무 숲 사이, 만개한 아카시아 향
가끔 내 무딘 감성 가시로 콕, 콕 찔러주어도

개처럼 꼬리 흔들 수 없는,

오월의 수락산엔, 내 얼굴처럼 하얗게 질린

만개한 아카시아 꽃 흐드러지게 피어 있었네.

로빈슨 크루소를 읽으며

— H에게

바람불어심기흐린날…… 로빈슨쿠루소의…… 표류기를읽는다…… 이따금이야기를나눌…… 사람하나없어…… 사람과…… 사람사이…… 내(그대)가섬이되어…… 떠나고돌아올이없는…… 섬과…… 섬사이…… 이름을알 수 없는…… 새……떼…… 들…… 무수히날아오르는…… 내(그대)향기없는명상처럼…… 편리한것만찾아…… 오히려불편한…… 문명의옷가지를…… 벗어던지고싶다…… 그대(나)처럼일진사나운…… 출발의시각…… 운명과바람이이끄는대로…… 떠나고싶다…… 로빈슨…… 그대(나)의섬엔…… 향기로운과실과…… 원색의꽃이…… 없다할지라도…… 야자수우거진해안에서…… 침묵을싸고자라나는…… 종려나무껍질을…… 칼끝으로세월을…… 각인刻印하며살지라도…… 로빈슨…… 바람부는날에는…… 그대(나)의섬으로가고싶다…… 그대(내)가심어놓은…… 목책의울타리에서…… 다시실뿌리가내리고…… 잔가지마다무성한…… 그리움의잎이돋아…… 다시숲을이룰때까지…… 해먹에누워……물결에흔들리듯…… 꿈……을…… 꾸…… 고…… 싶……다……

겨울 잠행

월요일과 토요일 사이, 다시 토요일과 일요일 사이, 되풀이 오가는 동쪽과 서쪽의 도시들, 거북 등 같은 보도블록 틈 사이 마른 뿌리로 기어가는 풀잎들, 눈 덮인 처마 끝에 열린 고드름이 종유석처럼 한 방울씩 물방울을 떨구는 추운 거리를 지나, 떨고 있는 어깨를 감싼 손, 죽은 게의 발가락을 닮은 손가락이 아물지 않은 가슴의 상처를 건드린다. 오래전에 굳은 각질의 감각들 온몸의 진동으로 느끼는 말들……. 옥도정기를 바른 피부처럼 불현듯 가려워진다. 낡은 철선의 이물처럼 붉게 녹슬어 가는, 내항에 떠 있는 작은 어선들의 집어등이 흔들릴 때마다 꿈틀거리며 기어가는 그림자를 끌고 걸어간다.

등꽃

벽을 따라 걷는다. 오른발, 왼발, 덫을 피해야 해, 발걸음을 옮길 때마다 머릿속을 울리며 흩어지는 발걸음 소리, 하나, 둘, 담벼락을 따라 엉키고 풀리는 소리의 입자들, 창이 없는 긴 벽의 어두운 골목길을 돌아, 나트륨등 붉게 취한 얼굴들. 누군가 수염을 그리고 한쪽 눈알을 파낸 포스터의 무표정한 얼굴을 지나, 닫히고 열린 마음, 안개의 벽을 향해 걸어간다. 허물어도 이내 내 앞을 가로막는, 끊임없이 분열하는 벽은 내게 등꽃을 보여준다. 때로 설움에 몸을 비틀며 휘어져도 기댈 곳 없는 허공 속, 서로의 덩굴손을 감아 오르며 보랏빛 꿈을 피워내는 등꽃을 보여준다.

사막 일기 1
— 우로보로스의 뱀

가도 가도 모래뿐인 사막, 흐느적거리는 다리를 초침처럼 움직인다. 물방울이 증발한 가죽 부대처럼 목이 마르네. 느릿느릿 구름의 형상으로 흘러가는 풍경들, 푸른 올리브나무 숲은 신기루였던가. 하룻밤에도 몇 번씩 모래 산을 옮겨놓는 바람 소리, 한때 물이 흘렀던 강을 따라 흘러가는, 모래의 강을 따라 걸어온 길, 문득 뒤 돌아본 내가 걸어온 길, 온몸이 욕망의 자루인 우로보로스의 뱀 한 마리 따라오고 있네. 털어낼수록 옷 속을 파고드는 모래알들, 시간은 거미줄만 남기고 흩어지네. 길 위에서 길을 찾는 요령 소리, 방울뱀 소리 쓸쓸한 노을 속, 다시 모래알들의 결속을 믿으며 천천히 지워지고 있네. 나침판은 방향을 잃은 채 맴을 돌고, 나는 지금 몇 번씩 지나온 길을 다시 걷고 있네.

* 우로보로스: 고대 그리스, 이집트, 인도 등 전 세계에서 발견되는 상징적 존재로 자신의 꼬리를 물고 있는 뱀의 형상을 말함

사막 일기 2

사막에서 길을 잃었을 때 사막여우처럼 두 귀를 쫑긋 세워 보세요. 사르륵사르륵 물소리로 흘러가는 모래 소리 들리지 않으세요. 자신의 온몸에 맺힌 눈물 핥으며 살아가는 사막 도마뱀을 떠올려 보세요. 사막에서 살아남는 법은사막을 사랑하는 것이지만 조심하세요. 모래의 늪에 빠지면 헤어날 수 없으니까요. 사막은 한때 우 우 누우 떼가 몰려다니고 푸른 강이 흐르던 초원이었지요. 지금 당신이 서 있는 아지랑이 속 콘크리트 빌딩 숲도 신기루인걸요. 당신이 움켜쥔 모래알들, 손가락 사이 흘러내리는 꿈을 보세요. 안개처럼 흩어지는 기억들, 모래알 점묘화인 걸요. 외롭고 힘든 일이 있을 땐 사막을 떠올려 보세요. 당신의 길잡이가 되어 반짝이는 별자리를 떠올리며 한 걸음, 딱 한 걸음만 더 걸어보세요. 사막에서는 가시뿐인 선인장도 친구가 되어야 한다는 사실 잊지 마세요.

옥탑방 풍경

잎 진 가로수에 앉아 까맣게 나뭇잎처럼 매달린 참새들, 모든 감각이 부리로만 집중된 새들은 얼마나 딱딱한 부리를 지닌 것일까. 굳은 혀 둥글게 말린 은행잎 쓸려 다니는, 발코니 아래로 지나는 행인들, 물속을 걷는 느린 말처럼 큰 머리를 흔들며 사라진다. 허전한 공복 안고 돌아와 하루의 노역을 되새김질하는 시간, 네온의 불빛 화닥화닥 타오르는 신축 건물 갤럭시 호텔 너머, 지붕 낮은 집들 서로의 어깨를 기댄 채, 하나, 둘, 젖은 꿈 밝히는 불빛들, 팅팅 불어터진 밥풀 같은 직할시의 불빛 반짝이고 있다. 거미의 돌기에서 끊임없이 실을 뽑아내듯 내 몸의 솔기에서 술술 풀려나오는 생각의 실마리를 엮는다. 거문고자리며 목동자리의 별자리를 그리면, 해사海砂의 콘크리트 벽 위로 하얗게 번져가는 소금의 결정들, 낡은 배관을 타고 끊임없이 흘러내리는 물소리를 듣는다. 부푼 달 마른 빵을 삼킨다. 흰색의 회灰를 칠한 불온한 소문이 균열하는 옥탑방, 내 흐린 뙤창의 프리즘 속 굴절된 빛의 스펙트럼 속으로 흩어지는 별빛들, 저녁의 푸른 어스름 속으로 날아간 새들, 곰곰이 반추하는 내 생각의 실마리를 엮어 건포도처럼 숨은 별을 찾는다.

지빠귀 둥지 위로 날아간 새

빈 둥지를 남기고 날아가는 지빠귀 새들은 얼마나 가볍게 날아갈 수 있는 것일까. 살아가면서 하나둘 늘어 난 세간들, 낡은 옷가지며 이불 보퉁이, 몇 묶음의 책 꾸러미가 흩어지면서 펼쳐진 조류도감에서 푸드덕 날아오르는 지빠귀 새 한 마리. 옥탑방 흐린 뙤창 밖 까만 점이 되어 날아가는 철새의 이동행로를 따라 조망하는 직할시 변두리. 지빠귀 새가 물고 온 씨앗처럼 단단한 꿈을 키워가던 생각들, 이삿짐을 정리하면서 문득 펼쳐 든 낡은 노트 속 깨알 같은 글씨들, 점자를 더듬듯 손가락을 더듬는다. 동그란 둥지 속, 버드나무 흔들의자에 앉아 푸른 버들잎 물고 날아오는 지빠귀 새 한 마리 떠올린다.

멀리 튀는 공

벽을 향해 아이가 공을 던진다.
공은 벽을 튕겨 나와 또르르 굴러
아이의 발밑에서 멎는다.
아이가 다시 공을 던진다.
조금 강하게 튕겨 나온 공은
발 앞에서 몇 번 통통 튄 다음
아이의 뻗은 팔 옆으로 지나간다.
아이가 다시 벽을 향해 공을 겨눈다.
벽을 향해 공을 던질 때마다
머리로 가슴으로, 온몸으로 부딪는 공
하늘 높이 날아오르는 공은
도약하는 높이뛰기 선수처럼,
훌쩍 아이의 키를 넘어 담을 넘는다.

멀리 튀는 공은 얼마나 가슴이 아픈 것일까.

향단이 사랑

향단아, 네 웃음 간지럽다.
실웃음 그리어라
무명적삼 댕기머리 느림으로
오라고 오라고 속살 부비는 석류꽃
서럽게 고물진 눈짓만 남아라

고운 비단 드리운 고려 가인이 뿌린 눈물도
요란한 신라 가시내 몸치장이 흘린
사치가 아니어도 좋다
때묻은 삼베 자락 연짓빛 수줍움만 숨기고
늠실늠실 헛걸음만 하여라

향단아, 네 숨결 아려온다
두려움 먹은 내 마음 꼬여내라
천둥번개 삼킨 심장
한밤중 목 놓아 별을 버린 작별,
노염 없는 징그런 자취로 남아라

<

향단아, 서낭당 대숲 사이 쓰개치마 스치는 소리
수런수런 발자국 남긴 향단아
가슴 속 한 자락 바람만 머물더라도
소름끼칠 이승의 귀신 되어,
광한루 오작교 넘나들던 부끄러운 내 마음 꼬여내라

겨울 바다

관광버스 타고 파도타기 하듯
아슬아슬 눈 덮인 대관령 넘어,
겨울 바다는 철책에 갇혀 있었다.
몇몇 사내들 철책 안에서 서너 개씩 낚싯대를 드리우고
눈먼 숭어 떼를 기다리며 눈이 멀어지고 있었다.
관광객들은 카메라 셔터를 누르며
멋진 포즈와 함께 감탄의 겨울 바다를 주워 담거나
신축 상가의 수족관에서 건져 올린
남해바다 목숨 질긴 붕장어를 곱씹으며
동해를 맛보고 돌아가지만
바다는 끼룩, 끼룩, 갈매기 웃음을 던지며
등 뒤에서 비웃고 있었다
허, 세상은 살기 좋아졌다고 하는데
오히려 겨울 바다는 철책 밖에서 사람들에게
연민의 눈길 보내고 있더라.

해설

슬픔의 계보학

— 김승하 시집 『저문 바다에 길을 물어』 읽기

오민석(문학평론가 / 단국대 교수)

I

전체적으로 그렇지만 특히 이 시집의 1부는 슬픔을 '유발'한다. 김승하의 시들은 인간 삶의 가장 큰 공분모가 슬픔이라는 사실을 환기시킨다. 따지고 보면 우리는 죄다 슬픈 짐승들이다. 슬픈 존재는 '약한' 존재이므로, 우리는 모두 약한 존재들인 셈이다. 시가 존재의 약하고 슬픈 이면을 건드릴 때, 가장 큰 공명이 일어난다. 인간은 슬픔의 종소리에 가장 넓고 깊게 공명한다. 그것은 누구에게나 슬픔이 있기 때문이고, 슬픔이야말로 약한 자들이 공유한 가장 큰 울림이기 때문이다. 기쁨은 때로 질투를 유발하기도 하지만, 슬픔은 오로지 슬픔만 불러 모은다. 슬픔의 동지들이 함께 슬퍼할 때, 모처럼 인간들은 제대로 된 인간들로 태어난다. 슬픔은 선성善性 안에서 발효되고, 사랑과 자비와 겸허를 불러온다. 허구한 날 싸우던 인간들이 슬픔 안에서 비로소 하나 되고, 함께 무릎 꿇는다. 그러므로 슬픔은 인간을 인간답게 만드는 가장 훌륭한 기제이다. 그리하여 데리다(J. Derrida)는 "나는 애도한다. 고로 존재한다"고 하였다. 슬픔 앞에서 슬퍼할 줄 모르는 자는 비非존재이다. 슬픔이 우리를 존재하게 한다. 사랑이 없는 자는 슬퍼하지도 애도하지도 않는다. 그러므로 슬픔은 사랑의 다른 이름이며 존재의 특권이다.

> 소나무 숲에 가려 보이지 않는 저 마을에서 누이가 태어났다. 불행한 누이들, 노을의 호숫가에 앉아 가물치 콧구멍이나 들여다보며 오후를 보내던 시절, 부용꽃 스물일곱 송이로 떨어져 흩어진 누이의 시편들을 떠올리며, 나는 호수에 돌을 던지곤 했다. (……) 나는 얼마나 많은 돌을 누이의 가슴에 던졌던가. 누이가 매어둔 목란 배 보이지 않고 시든 연꽃잎만 흐드러진 호수를 따라 걸으며 누이의 부활을 꿈꾼다.
>
> —「허균 누이를 생각하며」 부분

"스물일곱 송이로 떨어져 흩어진 누이" 허난설헌은 생전에 두 아이를 잃었다. 시댁으로부터 환영받지 못했고 남편과도 별로 행복하지 못했던 그녀에게 유일한 출구는 시였다. 어린 두 자식을 연이어 잃은 슬픔에 대하여 허난설헌은 이렇게 쓰기 시작한다.

지난해는 사랑하는 딸을 잃었는데
올해는 사랑하는 아들을 앞세웠구나
슬프디 슬픈 광릉 땅이여!
두 무덤이 마주보고 솟아 있도다
백양나무엔 소슬한 바람이 부는데
도깨비불이 소나무와 가래나무 사이에 밝았구나

— (현대어 번역 조재현)

이 시의 제목은 「곡자哭子」이다. 김승하는 난설헌의 시를 떠올리는 것으로 이 시집을 시작한다. 그는 '큰 소리로 우는 자(곡자)'의 "시편들을 떠올리며" 자신의 시집 첫 페이지를 연다. 그가 "누이의 가슴에" 던지는 돌들은 슬픔에게 던지는 그의 질문들이다. 그러므로 그의 시의 진원은 슬픔이다. 그는 슬픔을 호출하고, 대면하며, 묵상하고, 슬픔에게 따진다. (거꾸로 말하면) 슬픔이 그를 시인으로 호명(interpellation)한다. 슬픔에 의해 그는 비로소 시인이 된다. 시인은 결핍의 바닥을 들여다보는 자이기 때문이다. 바닥을 들여다보지 못하는 자는 또한 (저 위의) 높은 것을 선망할 수 없다. 죽음을 목격한 자만이 부활을 꿈꾼다. "누이의 부활을 꿈꾼다"는 문장은 이와 같은 방정식의 산물이다.

오래전 이곳엔 녹슨 철길이 남아 있었고 다복솔 사이 작은 무덤들이 흩어져 있는 철길을 따라 별을 헤던 시절이 있었다. 어디쯤 묻혀 있을까. 유년 시절 철로 변에 감춘 누님의 작은 꽃 고무신 한 짝. 신축 아파트 공사장의 퇴적층에서 출토된 몇 점의 유물처럼 아주 오래된 기억들.

—「유적지에서」 부분

김승하 시인의 고고학은 슬픔의 계보를 추적하는 것이다. 먼 과거의 정신적 "유적지"에 있는 슬픔을 발굴하여 지상으로 끄집어내는 것이야말로 그의 시적 행위이다. 그에게 있어서 현재는 슬픔으로 누적된 과거들의 산물이다.

II

그렇다면 김승하 시인에게 있어서 슬픔의 '조건'은 무엇인가. 무수한 슬픔의 원인이 있겠지만 슬픔을 구성하는 보편적인 맥락은 대부분 생계(혹은 가난)이다. 생계는 생명의 유지를 위해 분투하는 모든 생물들에게 피할 수 없는 과제이며, 그것이 원활히 해결되지 않을 때 슬픔 혹은 불행의 강도는 배가된다. 잘 풀리지 않는 생계는 삶의 접점들을 슬픔으로 채색하고, 작은 슬픔을 더 큰 슬픔으로 만든다. 어찌 보면 존엄한 인간들이 오로지 생계를 위하며 몸부림쳐야 한다는 사실 자체가 장엄하고 슬픈 일이다. 목숨을 부지하기 위하여 죽는 날까지 슬픈 육신을 움직이는 행위는 그 자체 얼마나 숭고하고 또 딱한 일인가. 결국 슬픔은 '가난한 노동' 조건에서 생산되기 일쑤이다. 전통적인 민요가 바닥에 깔고 있는 슬픔 혹은 비극의 정서들 역시 거의 가난과 연계되어 있다. 민요가 대변하는 슬픔 혹은 한의 정동(affect)이 귀족이 아닌 하류계층 민중들의 정서인 이유는 바로 이것이다. 간단히 말해 슬픔에도 계급이 있다.

할머니 한 올 한 올 달빛을 풀어
물레 돌리시던 밤
하얀 베적삼 옷섶 스미던 눈물일런가
내 유년의 오랜 기억 속
구슬픈 남도 창 한가락

—「달무리」 부분

겨울 방조제 공사장에 나가시던 외할머니는 고수레 떡 대신 바다에 돌을 던지며 칭얼대는 바다를 달랬습니다. 우리는 지난해 우기의 물때가 잠긴 쑥대밭에 나가 생애의 질긴 풀잎 몇 포기 뽑아 돌아오거나, (……) 앞섬에서 뒷섬으로 깃을 치던 물새 울음 귀에 솔았습니다. 구설의 불티를 날리며 한 장의 소지 종이로 날아간 삼촌의 원혼을, 외할머니는 정월 초하루부터 가슴에 돌을 던지며 청승맞게 울어대는 겨울 밤바다를 달랬습니다.

—「외할머니의 축수」 부분

“달무리”가 “하얀 베적삼 옷섶 스미던 눈물”의 은유를 획득하는 것은 물레 돌리는 일이 가난하고 고된 노동이기 때문이다. 물레 작업이 황금 알을 낳는 일이라면 그 일을 하면서 조선의 수많은 여성 민중들이 옷섶에 눈물을 흘릴 일은 없었을 것이다. “겨울 밤바다”를 “청승맞게” 만드는 것은 일차적으로는 “삼촌”의 죽음 때문이지만, 그것의 강밀도(intensity)가 더욱 높아지는 것은 그 죽음이 한 겨울 “방조제 공사장”에 나가 일을 해야만 하는 “외할머니”의 가난과 고난이라는 맥락에서 발생했기 때문이다.

1부에서의 슬픔이 주로 어머니, 아버지, 할머니, 삼촌, 누이 등 가계와 관련된 ‘과거’의 것이라면, 2부는 주로 ‘현재’의 고통을 다루고 있다. 앞에서 “슬픔에도 계급이 있다”고 말했거니와 세대를 두고 바뀌는 것은 슬픔의 존재가 아니라 슬픔의 양태이다. 슬픔은 언제나 가난(계급)을 배경으로 깔고 있되, 변하는 것은 오로지 그것의 콘텐츠일 뿐이다.

그는 한때 칼보다 펜이 강하다는
신념을 갖고 열심히 시를 쓴 적 있었다.
고등학교를 졸업하는 딸에게는
칼보다 강한 이 펜으로 꿈을 심어주는 사람이 되라는

메시지와 함께 만년필을 선물한 적도 있지만
이제는 펜을 믿지 않는다.
그가 다시 펜 대신 칼을 잡았을 때
칼보다 더 강한 것이 밥이라는 사실을
조금씩 깨닫고 있을 뿐이다.
언젠가 꿈꾸고 가슴속 뜨겁게 타오르던 불꽃들,
이제는 차갑게 식어 냉동된 언어들
양념도 없이 요리하고 있다.
하얗게 얼어붙어 서리 낀 이미지들,
뜨겁게 달아오른 팬 위에 쏟아 붓고 있다.

—「요리사가 된 시인」 전문

"칼보다 펜이 강하다"는 진술은 현실태가 아니라 이상태理想態를 향해 있다. 그 모든 무력을 이기는 지성의 힘이야말로 우리가 성취해야 할 목표이다. 그러나 현실은 더욱 복잡하고 험난하다. 칼과 펜을 넘어서는 더 큰 힘이 있으니, 그것은 바로 "밥"이다. 시인은 생계를 위하여 요리사가 되고 "가슴 속 뜨겁게 타오르던 불꽃들" 대신 "차갑게 식어 냉동된 언어들"을 "양념도 없이 요리"한다. "하얗게 얼어붙어 서리 낀 이미지들"은 칼과 펜을 넘어서는, 생계로 얼어붙은 살벌한 현장을 연상시킨다. 과거의 슬픔이 기억 혹은 회상의 회로를 거치면서 애처로운 '낭만성'을 가지고 있다면, 현재의 괴로움은 그 자체 즉자적 현실이므로 아무런 낭만성도 끼어들 여지를 주지 않는다.

> 남들보다 한 시간 일찍 출근하고
> 가장 늦게 퇴근하면서도 늘 잔소리만 듣는 이 선생
> 그는 신의 직장이라 불리던 금융회사에서
> 수십 년 펜만 굴리다가 명퇴하였다.
> (……)
> 오후의 휴식시간, 이 선생은 바위산에 날아온
> 늙은 솔개처럼 의자에 앉아 졸고 있다.
> (……)
> 며칠 전부터 손톱과 발톱이 빠지기 시작한 이 선생
> 무거운 날개를 퍼덕이며 종일 주방에서 부산을 떠는
> 이 선생을 보면 늙은 솔개를 닮았다는 생각이 든다.
>
> —「늙은 솔개」 부분

명퇴한 이후에도 식당 주방에서 서툰 일을 해야 하는 "이 선생"에게 날개는 날기 위한 수단이 아니라, 나는 것을 방해하는 "무거운" 짐이다. 1부에서 과거의 가난이 슬프지만 낭만적 회상에 의존하고 있다면, 2부에서의 (현재의) 가난은 그 어떤 낭만적 정서의 개입도 허용하지 않는 현실로 등장한다. 그것은 애처로움도 연민도 허락하지 않는, 날것으로서의 현실이다. "자신의 손과 혀가 금속처럼 굳어지는 것"을 느끼는 "로봇 요리사"(「로봇 요리사 K」)는 기억과 회상조차 끼어들 틈이 없는 '현재 진행형' 슬픔의 삭막한 현실을 대변한다.

S 방송국 후문 건너편 홈에버 앞
이랜드 노조원들 비정규직 철폐를 외친다.
(……)
일방통행로 부근에서 길을 잃은 사람들
이글이글 타오르는 8월의 태양 아래서
까맣게 타버린 매미처럼 악을 쓴다.
누군가 단물 빨아먹고 버린 껌딱지들
아스팔트에 다닥다닥 붙어 연좌 농성하고 있다.

—「길 건너 불구경하기」 부분

과거의 가난이 (슬프지만 이미 지나간 일이므로) 낭만적 정서를 환기할 수 있다면, 현재의 궁핍은 낭만적 회상이 끼어들 틈을 주지 않는다. 화자는 마치 "길 건너 불구경" 하듯 현실의 고통을 감상의 개입 없이 제시한다. 그것은 독자들에게 연민이나 감정이입을 강요하지 않는다는 점에서 (어찌 보면) 더욱 냉정한 현실 고발이고 개입이다.

나 꼬리 내린 개가 되어보니 알겠네.
왜 김 씨의 목소리에 씨발씨발 겨울바람 소리 섞여 있는지

어째서 기르는 개들이 주인의 발목 물고 싶은지
자꾸만 이빨 근질근질해지는 이유 알겠네.
나 일당 오만육천 원 문지기 되어보니 알겠네.

—「기르는 개들의 충고」 부분

현재의 고난은 슬픔을 분노로 바꾼다. 분노는 오로지 분노일 뿐, 애절한 회상이 아니다. 낭만적 기억이, (사라진) 가난의 서사를 향해 있다면, 분노는 현재의 궁핍을 향해 있다. 현재의 궁핍은 그 자체 주체가 갇혀 있는 감옥이므로 회상의 대상이 되지 않는다. 그것은 오로지 출구를 갈구할 뿐이며, 출구 없음이 확인될 때 분노를 촉발한다. 숨진 독거인의 이야기(「조용한 뒷정리」)나 노래방 도우미 여성의 이야기(「25시의 여자」)들은 하나같이 '설명하기(telling)'가 아니라 '보여주기(showing)'의 냉정한 기법을 동원하고 있다. 그것들은 설득이나 동의, 감정이입 혹은 낭만적 감상이 끼어들 여지가 없는 현실로서 "삶 전체가 저항인" "갈퀴 같은 손"(「엉겅퀴」)들의 이야기이다.

III

3부에 오면 김승하의 시들은 훨씬 넓은 지평으로 이동한다. 마치 "슬픔과 노여움 홀로 삼키며 아픔마저 그리움으로 삭이는" 강물처럼 그는 슬픔의 휘하에서 서서히 벗어난다. "슬픔의 흔적만 남기며 더욱 깊은 곳으로"(「겨울 강에서」) 흐르는 강물처럼 그는 더욱 넓은 곳으로 나아간다. 말하자면 그는 슬픔의 무수한 지층들을 관통한 후 세계와 다시 만나는 것인데, 거기에는 슬픔으로 단련된 자만이 볼 수 있는 중층적 시선이 존재한다.

벽을 향해 아이가 공을 던진다.
공은 벽을 튕겨 나와 또르르 굴러
아이의 발밑에서 멎는다.
아이가 다시 공을 던진다.
조금 강하게 튕겨 나온 공은
발 앞에서 몇 번 통통 튄 다음
아이의 뻗은 팔 옆으로 지나간다.
아이가 다시 벽을 향해 공을 겨눈다.
벽을 향해 공을 던질 때마다
머리로 가슴으로, 온몸으로 부딪는 공
하늘 높이 날아오르는 공은
도약하는 높이뛰기 선수처럼,
훌쩍 아이의 키를 넘어 담을 넘는다.

멀리 튀는 공은 얼마나 가슴이 아픈 것일까.

—「멀리 튀는 공」 전문

탄력은 벽과 강하게 부딪칠수록 더욱 커진다. 세게 부딪칠수록 공은 더욱 멀리 튀지만, 공 자체에 주어지는 충격은 그만큼 더욱 커진다. "멀리 튀는 공"의 "가슴이 아픈" 이유가 이것이다. 부딪치는 힘이 어떤 한계를 넘어설 때 탄성 변형이 일어난다. 세계와의 충돌로 주체의 내상內傷이 극도로 심해질 때 탄성은 사라진다. 이 시는 이처럼 주체가 세계와 대면하는 다양한 스펙트럼을 잘 보여준다. 시는 시인들이 "훌쩍" 제 키를 넘도록 세상과 부딪칠 때 생겨나는 내상의 기록이다. 그것은 감각의 근육으로 세상과 부딪치는 일이므로 '야생의 사유'이고, 지적 성찰로 그것을 다시 걸러내는 작업이므로 '문화'이다. 시는 야생과 문화의 축이 서로를 감싸 안을 때 생겨나는 불꽃이다.

> 모든 감각이 부리로만 집중된 새, 노래하지 못하리. 조롱 속에 갇혀 가성으로 노래하는 새, 이제는 꿈꾸지 못하리. (……) 모이를 주면 더욱 공손하게 노예처럼 지저귀는 기계들, 조롱 속에 갇혀 날개를 퍼덕이며 퇴행하는 아득한 기억, 겨드랑이 가려울 때마다 날카로운 야생의 발톱을 감추고 부리로 우아한 날개를 다듬는 새, 이제 노래할 수 없으리.
>
> —「지저귀는 기계들 조롱 속의 구관조에게」 부분

야생을 상실했을 때 주체는 세계와 부딪치지 않는다. 그것은 세계의 명령에 따라 움직이는 노예-기계이다. 기계의 지저귐은

"가성"이다. 시인이 "날카로운 야생의 발톱"으로 세상을 움켜쥐고 "노래"할 때 참 목소리가 나온다. 이러할 때, 야생은 동력이 되고 노래는 문화적 힘이 된다. 김승하 시인은 이런 점에서 "노예처럼 지저귀는" 것을 거부하는 시인이고, 가성을 거절하는 시인이며, 야생의 발톱으로 세계의 벽에 부딪치기를 갈망하는 시인이다.

> 비 갠 오후, 감나무 잎 사이 쏟아지는 햇살 담고 도란도란 이야기를 나누는 그릇들. 푸른 감나무 잎에 돋는 물방울 소리, 톡, 톡, 물이랑처럼 번져가는 풍경 소리, 귀를 열고 노스님 독경 듣고 있다. 뒤란 감나무 아래 정좌한 낡은 옹기그릇 하나, 이 빠지고 상처 입은 작은 그릇들 오롯이 품고 있다.
>
> —「옹기그릇 부처님」 전문

겉으로 보기에 매우 평화로운 이 풍경도 사실은 갈등과 충돌의 서사들을 담고 있다. "상처 입은 작은 그릇들"이 그것을 보여준다. 상처 입은 그릇들은 강한 충격 끝에 내상을 입은 주체들이다. 그것을 부처님 같은 "낡은 옹기그릇"이 "오롯이 품고 있"는 풍경은 얼마나 정겹고 따듯한가. 무릇 살아 있는 모든 것들 앞에는 다양한 '벽'들이 존재하고, 주체는 그 벽과 부딪치고 충돌한다. 그리하여, 상처 없는 영혼은 없다. 김승하의 시들은 이런 상처의 지도이며, 슬픔의 노래이고, 그 벽에 부딪친 다양한 탄성彈性들의 기록이다.

발문

詩想을 잘 요리한 깊이 있는 시

박호영(시인 / 문학평론가)

김승하 시인과 나의 인연은 40년 가까이 된다. 내가 30대 초반에 강릉대학교(지금의 강릉원주대학교) 교수로 부임하여 문학 동아리 〈미르월〉의 지도교수를 맡게 되었고, 김 시인은 그 동아리 멤버였다. 당시를 돌이켜보면 그때 동아리 멤버들은 상당히 문학 활동에 열성이었는데, 주로 시를 창작하였고 그 수준이 기성 시인에 못지않을 정도였다. 몇 명은 시인으로 등단하여 꾸준히 활동하고 있다. 김 시인도 나의 관심을 끈 학생 중의 하나였다. 아직도 나는 그가 오래 전에 발표한 2편의 「도봉산 빼꾸기」 연작시를 어렴풋이 기억하고 있다. 그 시들은 토속적 情恨이 밑바탕에 흐르면서 격조 있는 詩性을 유지한 가작이었다. 그때 나는 그에게 격려와 더불어 줄곧 시 창작에 매진하여 등단할 것을 주문한 것 같다. 그리고 머지않아 어느 문학잡지에 추천을 받으려니 하는 생각이었다. 그러나 잘 알다시피

시를 짓는 것만으로는 생계가 해결되지 않는 터이라 그는 졸업 후 취업 준비에 매진하여 중소기업체에 입사했던 것 같고, 38년이 지난 지금에 이르러서야 첫 시집을 상재하게 되었다.

이런 사연이 있는 터라 이 시집의 발문을 부탁 받은 나의 감회는 남다를 수밖에 없다. 더구나 그도 내년이면 육십의 나이에 접어든다. 늦깎이 시인으로도 늦은 편이다. 그러나 사실 나이가 문제는 아니다. 일본의 시바타 도요라는 할머니는 구십팔 세에 첫 시집을 내기도 했지 않은가. 아마 그가 등단이나 시집 출판에 욕심을 냈더라면 벌써 냈을지 모른다. 그는 차분히 제대로 된 시인이 되기 위한 내공을 쌓은 것 같다. 이번 시집의 시들을 통독하면서 얻은 결론이다. 이 시집에는 詩才가 번뜩이는 시들이 한두 편이 아니다. 또 한 가지 놀라운 사실은 그가 50대 중반에 회사원을 그만두고 요리사의 과정을 밟아 조리장으로 활동 중이라는 것이다. 그는 기쁨과 보람과 긍지를 갖고 곳곳에서 잠재된 요리사의 재질을 발휘하고 있다. 그가 음식을 잘 요리하는 것처럼 그의 詩想을 잘 요리하여 앞으로도 계속 깊이 있는 시들을 만들어 내리라는 것을 믿어 의심치 않는다. 진심으로 김승하 시인의 첫 시집 상재를 축하한다.

저문 바다에 길을 물어

1판 1쇄 인쇄 2018년 9월 20일
1판 1쇄 발행 2018년 10월 10일

지은이 김승하
발행인 윤미소
발행처 (주)달아실출판사

책임편집 박제영
디자인 이화연
마케팅 배상휘

주소 강원도 춘천시 춘천로 17번길 37, 9층
전화 033-241-7661
팩스 033-241-7662
이메일 dalasilmoongo@naver.com
출판등록 2016년 12월 30일 제494호

ISBN 979-11-88710-20-1 03810

※ 이 도서의 국립중앙도서관 출판예정도서목록(CIP)은 서지정보유통지원시스템 홈페이지(http://seoji.nl.go.kr)와 국가자료공동목록시스템(http://www.nl.go.kr/kolisnet)에서 이용하실 수 있습니다. (CIP제어번호: CIP2018027144)